Le grand arbre

Pour Élodie

© 2002, Mango Jeunesse, pour l'édition originale
© 2013, Mango Jeunesse, pour la présente édition

Loi n° 49-956 du 16 juillet 1949 sur les publications destinées à la jeunesse
Dépôt légal : janvier 2013
ISBN : 2-7404-3009-5 - MDS : 72768
Photogravure : A4
n° d'édition : M13013
Imprimé en Espagne par Edelvives

Rémi Courgeon

Le grand arbre

MANGO JEUNESSE

Bon, voilà.
Un homme très riche part en voyage d'affaires.
Il survole un pays vert dans son avion privé
qui déchire au passage quelques nuages.
Il est un peu fatigué. De temps en temps,
il regarde par le hublot. Soudain, il écarquille
les yeux et s'adresse à son secrétaire :
— Dites au pilote qu'on atterrit ici.
— Ici ?
— Oui, ici, et tout de suite !

Quand l'avion est au sol, il se dirige vers un arbre énorme couvert d'oiseaux. Il appelle son secrétaire :
— Je le veux.
— Ce perroquet ?
— Non, idiot, cet arbre !
L'homme riche a décidé de rapporter l'arbre tout entier pour le planter dans le parc de son château, au bord de sa piscine.

Le secrétaire fait venir un ingénieur des eaux
et forêts et une équipe de trente jardiniers.
Les jardiniers creusent autour du tronc.
Cela dure plusieurs jours. Racine après racine,
ils dégagent l'arbre de sa terre maternelle.

Un soir, alors que le travail est presque terminé, l'ingénieur dit au secrétaire :

— On ne peut pas continuer, la dernière racine est agrippée à la racine de cet arbrisseau, là-bas !

— Coupez-la.

— Si on la coupe, il meurt de chagrin.

— Coupez celle de l'autre.

— Cela revient au même.

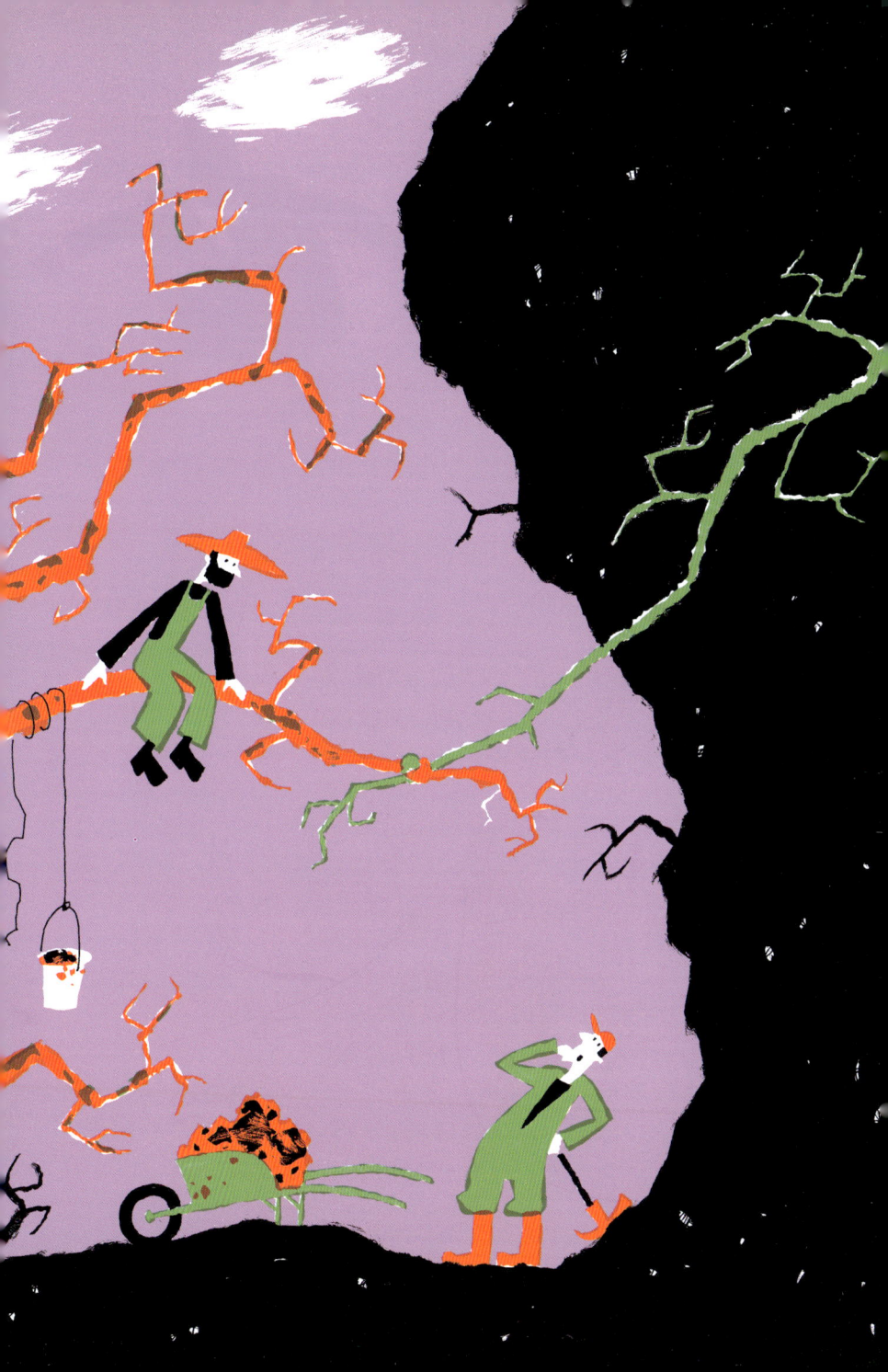

Inquiet, le secrétaire
va tout expliquer à l'homme riche.
L'homme riche se fâche.

— Vous n'avez qu'à acheter le petit arbre !

L'arbrisseau, à quelques mètres de là, arrose d'une ombre fraîche une maisonnette qui semble exister depuis des siècles.

Devant la maison, une vieille dame fait la sieste dans un fauteuil d'osier.

Le secrétaire la réveille, palabre une bonne demi-heure, puis revient bredouille.

— Vous êtes un incapable : je veux cet arbre, cette maison, cette vieille dame, s'il le faut !

— Elle refuse toute proposition.

L'homme riche gifle son secrétaire.

— J'irai négocier moi-même !

Quand il arrive à la maisonnette, le fauteuil d'osier
est vide et la porte fermée. Il frappe.
La vieille dame lui ouvre et dit :
— Je vous attendais, je vous ai préparé du thé
et des tuiles aux amandes.
L'homme est surpris. Personne ne lui offre
jamais rien. Tout ce qu'il possède, il l'a acheté.
De plus, il adore les tuiles aux amandes.
Quant au thé, il n'en a jamais bu.
Toujours du café. Très noir.
Il boit le thé, il trouve ça bon. Il lève
les yeux de sa tasse, décidé à poser
la question fatidique : combien ?
Son regard tombe sur celui de la vieille dame.
Dans l'œil gauche, elle a le reflet du grand arbre,
dans l'œil droit, le reflet du petit arbre, liés l'un
à l'autre par des milliers de rides très fines.

L'homme rougit, croque une tuile et bafouille :
— Combien, combien... combien met-on de temps à préparer de si délicieux gâteaux ?
— Tout une vie. Quatre-vingt six ans aujourd'hui.
L'homme riche lève sa tasse et dit :
— Joyeux anniversaire !
Puis, il s'entend poser une question qu'il n'a jamais posée à personne auparavant :
— Quel cadeau vous ferait plaisir ?
La vieille dame lui tend une pelle.
— Recouvrez les racines du grand arbre, il va attraper froid, voilà ce qui me ferait plaisir.

L'homme riche retourne à l'arbre et dit à son secrétaire :
— Payez ces hommes et faites-les rentrer chez eux.
— Nous partons ?
— Non, VOUS partez, moi je reste.
L'avion part. L'homme riche reste.
Il se met au travail. Il recouvre patiemment racine après racine. Jour après jour.
Au début, son portable n'arrête pas de sonner.
Il y répond par réflexe, puis de moins en moins, puis plus du tout.
Le téléphone finit par se taire.

Quand il a soif, la vieille dame lui apporte du thé.
Quand il a faim, elle lui prépare des petits plats.
Le soir, il dort dans sa grange.
Parfois, il fait chaud, la terre est dure, mais légère.
Les jours de pluie, la pelle s'enfonce facilement,
mais la terre est plus lourde.

Un soir, le travail est terminé. L'homme d'affaires s'assoit près de la vieille dame et regarde l'herbe qui repousse autour de l'arbre.
Dans sa main devenue épaisse et rugueuse, la tasse semble très fragile.
Il dit :
— J'ai fini.
Elle dit :
— Ça fait tout juste un an.
Il dit :
— Joyeux anniversaire !
Et il lui tend un cadeau.
Elle ouvre : c'est le téléphone portable.
Il dit :
— Je pars demain, mais je reviendrai.

Quelques semaines plus tard, le portable sonne. La vieille dame sort de la maison et crie au grand arbre :

— C'est l'homme riche, il veut vous parler !

Dans la même collection…

 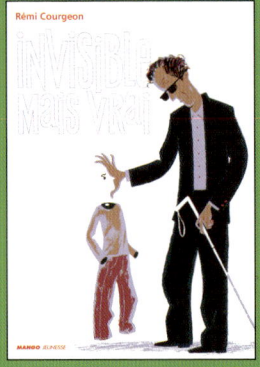 

Et aussi…

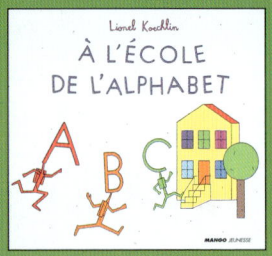  

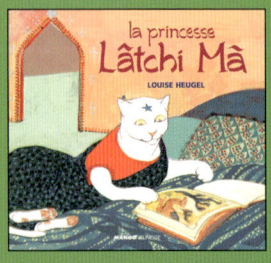  

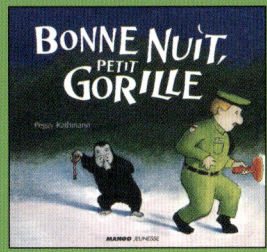

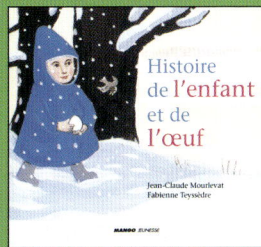

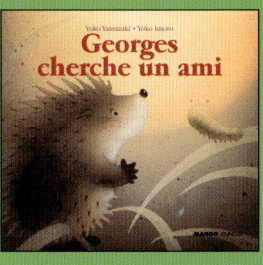

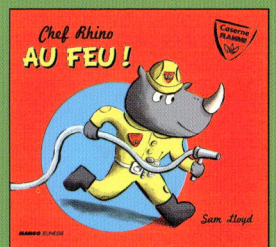

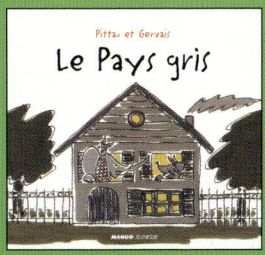
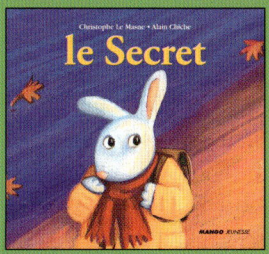
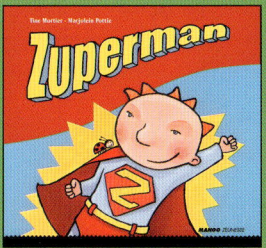